風の革命

エヌ

文芸社

風の革命　目次

抒情の旋律

風の革命

抒情の旋律

葉

弓鳴りの背を越えて
雨《あま》や鳥いこう草木に
橄欖《カンラン》の地を夢みた

草《そう》煙なびく
朽《く》すしき池を巡り
橄欖《カンラン》の地を夢みた

帰ざらぬ　淡海の浜で
なみだ拾いつ
橄欖《カンラン》の地を夢みた

沐浴の音色流るる

※朽《く》すしき＝朽《く》ちる＋奇《くす》しき（霊妙な）
帰ざらぬ＝帰らないということもない、が帰らない・・

異郷

梨の花咲く　信濃地《ち》に
音《ね》ー色　泣きし　逢え　目《め》の濡れれば
痛む風　野辺に和らげ

よし野辺の　風に悩《や》んでも
よし風の　野辺に悩《や》んでも
移《い》ー行　渡り　逢い　女《め》の震えれば

有明に　露《しずく》流れる　崩《く》いることなく

潟

雁が音の　・・
渡りて久し　干《ふ》吹《ふき》田《だ》の
ただ愛しみは　風《あい》にふりけり

※あい＝東北ないし北の風。主として日本海沿岸地方でいう。（「広辞苑」）

歌旅《かりょ》

塵走る東名の丘を越え
辷《すべ》る空　眩く香る海原を求めて
真夏の裸裸《ララ》ら　伊豆へ

エロスの風熱く弓ヶ浜を襲い
汗と砂射手《いて》を焦がせば　恋人は平和《ピース》の微笑み
波の上に濡れる素肌を返して

沖つたう下賀茂の夜に宿《しゅく》し
岩島《ガントウ》へ朝日を巡らす　　石廊崎へ

驟《しゅう》雨寄せる入間《いるま》の磯に熟れる

無花果《いちじく》

無花果の実熟れる　夏の果て
陽は傷《や》みそして止まず　実は自身に惨禍を刻む
無花果の実　豊かに熟れる

薔薇

時は流れ　人は変る
閉ざされた時の揺り籠は
舞落ちる野薔薇のように風に移ろう

沈黙の華燭の谷に戦士は眠る
失いし歌と愁い
投げ入れられし藍は彷徨《さまよ》う

雨後

羽蟻飛ぶ　雨後の五月

風の革命

詩想

I

われわれが無と呼ぶものの中で運動が始まる
するとそこに拡がりと変化　空間と時間が現れる
そしてその時空の中で別の運動が始まる
それはその運動の及ぶ範囲に新たな時空を形成する
そしてその時空の中に別の運動が始まる
それはその運動の及ぶ範囲に新たな時空を形成する

運動は夢の発現である
その夢は解放への陶酔である
その夢は可能性への憧れである
その夢は拡大への意志である
その夢は全体への愛である
その夢は永遠への祈りである
その夢は消滅への安らぎである

そして陶酔は炎と　浄化と破壊を現し
憧れは大気と　進化と欠乏を現した
そして意志は地と　自由と闘争を現し
愛は水と　潤いと涸渇を現した
そして祈りは天と　聖と犠牲を現し
安らぎは深淵と　帰郷と恐怖を現した
　しかしいまだ夢は虚無の内に閉ざされている

II

夢は長い眠りののち　虚無をのがれ
生命として　水中に誕生した
生を心とし生命を体とし　現象界を創り出した
しかし夢はその内に矛盾を秘め
運動体のもつ二つの状況に曝されている　すなわち
生命の持続を阻む危機　危機的状況と
生の無意味を迫る虚無　虚無的状況の

おお　美しい自然
生が織り成した　夢絵画　夢音楽　夢の匂い　夢の感触
あらゆる生命がそこに集いそこで生まれそこを糧としそこへ散るところ

しかしそれらは無償で齎《もたら》されたものではない
花の戦《そよ》ぎ　鳥の囀《さえず》り　魚の戯れ　薫る木の葉の一片さえ
暗黒の記憶をその中にもっている

始原の生
あらゆる生を生み出した始原の一つの生
生が生であり続けるために
生が生であり得るために
生は二つの状況と　矛盾を抱え
くるしみ　たたかい　なげき　こくふくしてきた
あらゆる生命の中にはその歴史が
生きることの孤独と　賛歌が記されている

III

移ろい変わり流れてゆく生
生はそれを特質とし　それを宿命とする故に
なぜなら夢の反面は虚無なのだ
生が停《とど》まる時　生が振り返る時
いつでも虚無は生を覆い尽くす
そして夢が輝きをやめ　虚無に飲み込まれる時
生はその存在の根を失うのだ

生の現すすべての行為は二つに還元される
生を「伝える」行為と　生を「輝かす」行為に
前者は生存の危機的状況に対し

自身で在り続けようとする衝動が現すもの
それは生の　自身を伝える欲望として現象する
そして欲望と危機的状況のあやなす相克が
恐るべき　生にとっての現実となる

後者は生存の虚無的状況に対し
自身を超えようとする衝動が現すもの
それは生の　自身を燃え尽くす情熱として現象する
そして生を拒否する反生　虚無が開いた
涯《はて》のない　闇に臨む
それら矛盾する二つの衝動が　生を動かす
なぜ伝えるのか　生を輝かすために
なぜ輝かすのか　生を伝えるために

Ⅳ

灼熱の夏と　激凍の冬を耐え
生はみずからを二つに引き裂いた
無に背いた生は　無に帰ることができない
一つの消滅は　二つの生成への礎《いしずえ》
生は〈再生への契機〉　死を創造した

荒涼の惑星（地球）
希望はどこから湧き出たか
美と静謐は　どこで育まれたか
葉片が陽光を生命エネルギーに変換した時
自然はその夢と豊かさを約束されたのではなかったか

さまよえる　人類
自然の寵児にして忘恩の蕩児
四十億年の月日を燈《とも》して築かれた自然界の破壊者
なぜ死の恐怖に脅え　忘却の海へ沈もうとするのか
　みずからを讃えよ
われわれは生の苦悩と歓喜の歴史　惨禍と至福の末裔
みずからを認めよ
われわれは始原より流れ来た　あらゆる生命の先導者

古代以前への郷愁

人類はこの地球にかりの資格で住んでいるにすぎず、その短い過渡的な居住は、人類以前にも存在し以後にも存在しつづけるであろうこの世界に、修復不能な損傷をひきおこすいかなる権利も、人類に与えてはいないということを、日本文明がいまも確信しているならば……

——レヴィ＝ストロース

[1]

ユーラシア大陸の東のはてに弓なりの島々がある。日本という私の故国《ホーム》。

その地理的特性の故に、古代以前の精神が最も遅くまで保存された郷《くに》。自然の精神を、文化として伝えようとして来た郷《くに》。しかし明治の近代化以降、日本の趨《すう》勢は霞の中にある。なぜかくもわれわれは古代に執着するのか。その背景には、日本らしさの原形を古代に求めようとする、悲しい誤謬が隠れている。われわれの自然に対する感性、それは豊かな四季と自然の恵みによって長い時間をかけて培われたものであるが、そうした感性が築き上げた精神の風土は、実に古代ではなく、古代以前に形成された。

野、丘、花、鳥、海、雨・・・・・・、それらは単に風景や動植物ではない。それらはわれわれの心を形作っているもの、それらを感じ取ることは、自然と一体であるわれわれ自身を感じ取ること、われわれの生きている証《あか》しなのだ。そしてその共同体、自然民主主義とも言うべきその社会は、自然を法とし、自然の前に平等であり、その長は階層の頂点に立つ権力者ではなく、各人の自由の経験豊かな調停者であった。自然界のあらゆる生と共に生き、その声を聞き、語りかけ、歌い、嘆き、慈しみ、そして自然に還る、それが人々を貫く思想であり、日本の精神の原点であった。階層社会が生まれる前の一万年以上の間、われわれは自然の一部として生き、そうした社会を築き、そうした心を育てて来た。

春の野に
菫採みにと　来し吾そ
野を懐かしみ　一夜寝にける
（山部赤人）

赤人は歌う「野を懐かしむ」と。奈良時代、すでに「野」は失われていた。古代においてはや「野」はノスタルジアの対象だった。野はある、しかし野を見る心はすでに変わっている。ただ赤人は心の奥にささやきかける野の声を聞く。すでに遠いわれわれの故郷《ふるさと》の声を。

淡海の海
夕波千鳥　汝《な》が鳴けば
情《こころ》もしのに　古《いにしへ》思ほゆ
（柿本人麻呂）

夕波に揺られながら鳴く千鳥の声は、人麻呂の心を震わす。そして古《いにしへ》への思いが止めどなく、後から後から押し寄せてくる。赤人より一時代前の人麻呂には、古代国家の形成にみずからも関わった人麻呂には、受け継がれて来た日本の精神は、遠い過去のものではなかった。なぜ自然と共に人が生きる国を造れないのか、なぜ階層の中に人を投げ入れ、人が人を支配し裁こうとするのか、なぜわれわれは心まで失わねばならないのか。人麻呂の心には惑いと反抗と数多くの疑念が渦巻いていたであろう。その調べは憤りと、諦めと、古代以前への激しい憧憬と、深い悲しみが、夕暮れの波間をいつまでも漂っている。

新たな日本学の提唱者・梅原猛の詳細な研究（『水底《みなそこ》の歌《うた》』）の通り、人麻呂は古代政権の中枢より追放され、罪人として、石見国高津の沖合で水死させられたであろう。そして人麻呂に関する一切の記録は公の歴史から消し去られた。

古代の初め、大陸を後に新天地を求めた渡来人は、日本に稲作と金属器と大陸的古代精神をもたらした。共存と抗争の中で、四世紀頃ある一群は、秦（始皇帝）の国家至上思想（conquest of the whole country――武力を背景とした天下統一意志）を継ぐべく、日本に強大な中央集権国家を建設しようとした。大山陵、誉田陵などの広大古墳は、その威容を今に残す。それは、十六世紀スペインのコルテス・ピサロによる、アステカ・インカ帝国征服の構図に似ていよう。最新の兵器と強固な階層意識（差別意識）を持つ者のみが（それはみずからの拠って立つ思想―世界観が唯一絶対であるという盲目的信念から来るのであるが）、無情に他の人間社会を壊滅できるのだ。そして跡地に教会が建てられて行くように、各地に前方後円墳が造られて行く。ヤマト連合王権の支配に服するのを潔しとしない日本人は（長く日本列島に住んでいた人々は）、北と南と山へ逃れた。古代精神の描いた狂った夢、それは奈良―平安時代のえぞ地侵略、桃山時代の朝鮮半島侵攻、江戸時代のアイヌ共同体の長シャクシャインの謀殺、明治時代の琉球王国、韓国併合を経て、昭和時代の満州事変・大東亜対米戦争に連なり、今も続く。

むろん日本は単一民族国家ではない。現在の日本人は（歴史時間またDNA解析から見ると）、日本人（縄文人）と大陸からの渡来人（弥生人、古墳人）などとの混血人、いわばメスティソである（つまり集団への帰属意識は内部で分裂している）。しかし民族にさほどの意味はない。日本人といえども遥かな昔大陸から渡った渡来人であったろう。民族意識の発揚は愛国心同様支配層の戦略であり、その目的は体制内の矛盾の韜晦《とうかい》と組織の結束を強化するため以外ではない。問題は個々の人間の精神なのだ。なぜなら人は心を生きるが、心は精神を生きるのだから。

社会の統治形態は強権と恐怖政治によって簡単に変えられる。しかし長い時間をかけて育まれた精神の風土は容易には崩れない。そしてその現れとしての文化は、人間が社会的動物である限り、征服者に逆襲する。飛鳥時代は日本的古代精神の模索の時代であった。仏教を法とする聖帝政治の流産ののち、大王を天の皇《おう》（神）として自然の位置に祀《まつ》り、実質権力から切り離し自然との調和を図るという、日本的古代国家の骨格が形成されて行く。『古事記』はその間の事情を宗教的に虚構をもって語っていよう（正確に言うなら、天皇制とは日本の精神が生み出したものではなく、大陸的古代精神と日本の精神〈自然の精神〉という相反するベクトルをもつ二つの精神を無理矢理束ねた妥協の産物――シンボルとして作られたものである。しかしそこから天皇こそが日本の源流であるという、過去を抹消した、錯誤の歴史が流れ始める）。そして日本の精神は二つに分流し、交錯し、変容して行った。一つは仏教思想への統合であり、いま一つは階層意識の中に組み込まれ、新たな日本の精神として、後《のち》の古今・新古今の世界、風雅の道・風狂の世界を開く礎《いしずえ》となった。

かくて日本の精神は世上より失われた（心の奥へ隠された）。5音と7音を重ねる律は（5・75・77、57・57・（57・・・）7、などの歌の形《リズム》は）、それは主に人麻呂によって伝えられたものであるが、古代以前の文化（日本の精神）が遺した一つの名残である。

心なき
身にもあわれは　知られけり
鴫《しぎ》立つ沢の　秋の夕暮　（西行）

しかし失われたものへの憧憬はつづく。西行は憑《つ》かれたように旅をした。都を離れ、自然を求め、自然の中へ、心の源流へと。しかし、今ある心を毀《こわ》すことなしに、どうしてそこへ至ることができよう。その歌は全体として調和を欠き、形がゆがむ。そして二つの「し」の切り裂かれたような響きは、彼の心の痛みを語っている。しかし西行はその道を行く。「心なき身にも」、それはまた古今和歌集が開いた風雅の道、晴れやかな遊興世界への訣別でもあった。

山路来て
何やらゆかし　すみれ草　　（松尾芭蕉）

西行の示した道を、芭蕉もまた歩いた。初期の屈折した発句群には、彼の心を脱ぎ捨てて行く過程、あらゆる情念、思念を消し去ろうとする苦闘の跡を見てとることができる。そして、自然に心を衝《つ》いてこぼれた「山路来て」、芭蕉は遂に心の源流にたどり着く。自らの心を生み出した、遥かに遠い故郷《ふるさと》の野に咲く菫の花に、その薫りに。「何やらゆかし」・・・、それは言葉では言い表せぬもの、無限に心惹《ひ》かれるもの、ただ調べでしか伝えられぬもの。芭蕉にとって5・75は、心の故郷《ふるさと》を今に呼び戻す、最長で最短のぎりぎりの詩形であった。

愁ひつつ
岡に登れば　花茨　（与謝蕪村）

「此道や行人《ゆく》なしに秋の暮」、と芭蕉を寂しがらせた此道《この》を、彼を師と仰ぐ蕪村も行く。彼もまた心の源流を追い求めた郷愁の詩人であった。「愁ひつつ」、失われたものに対する歎きは、遥かな時間《とき》を超える。蕪村の心は、人がまだ、自然界のあらゆる生と共に生きていた頃の、懐かしい故郷《ふるさと》の岡に立つ。わたしは帰って来た。そして野も花も何も変わっていない。呼び交わすささやきの声も、あらゆる生の輝きも・・・・・・・。しかしそれは「愁い」なしには叶うことのない心の果てへの旅なのだ。

［2］

東海《とうかい》の小島《こじま》の磯《いそ》の白砂《しらすな》に
われ泣《な》きぬれて
蟹《かに》とたわむる
（石川啄木）

明治時代、啄木は5音・7音のリズムを自在に変え、（例えば右の歌は575・7・7、他に5・7・577、57・5・77など多種）、短歌を三行で書き下ろした。それは直接にはすでに硬直していた古今集以来の575・77の伝統、権威に対する、近代思考の側からの反発であったが、それは同時に、われわれが古代以前より受け継いだ5・75・（77）の原リズムを見失ったことも露《あらわ》にした。そして俳句は5・7・5へ、短歌は5・7・5・7・7へ解体して行った。「われ泣《な》きぬれて」、愁いはある、しかしその愁いは時を巡らない。それは自立した近代人としての、啄木の個性が奏でる悲しみの音色である。

どこにこんな荒寥《くわうれう》の地方があるのだろう
年をとつた乞食の群は
いくたりとなく隊列のあとをすぎさつてゆき
禿鷹《はげたか》の屍肉《しにく》にむらがるやうに
きたない小虫が焼地《やけち》の穢土《ゑど》にむらがつてゐる
なんといふいたましい風物だろう
どこにもくびのながい花が咲いて
それがゆらゆらと動いてゐるのだ

（萩原朔太郎）

『月に吠える』で口語詩のリズムを模索した朔太郎は、失われた魂の故郷に焦がれながら、不毛の今を歌い続けた。「どこにこんな荒寥《くわうれう》の地方があるのだろう」、老いさらばえた体制になおも縋《すが》る人の群れ、富と性に群がるだけの矮小化した人の群れ、だがすでに地は荒廃し、花さえ根をはわすことができない。それは日本的古代精神の終焉の風景である。過去もなく未来もない。

病んだ精神の風土から滲《し》み出る止めどない哀傷。しかしそれが今につづくわれわれの「いたましい」精神の姿なのだ。そしてその傷ましさの病根は（融合することのない二つの精神を抱えることの不実は）、われわれ自身の中《うち》にある。

ゆうぐれはいま熔岩に腰をかけ
狐の母と子がなきながら林を縫う
やがて月がのぼるだろう
恐竜の静かな笑いを知っている　それは
わたしの胸の病める湖のうえに
（谷川雁）

二次大戦後、日本は平和憲法※をもつ民主主義国家として再出発した。しかし新たな精神の誕生はいまだに遠い。戦後民主主義がモデルとした、キリスト教ヒューマニズムに根をもつ近代市民思想と、自然を基調として育まれた日本の伝統の間には、越えがたい溝が残されたままである。

源へ、はるか遠く記憶に沈む「共同体」を求めて、戦後の詩人雁が社会の最下層へ降りて行ったように、われわれはその溝深く、人類の文明そのものを問い直さねばならない。

※日本国憲法（一九四六年公布）は、戦勝国アメリカの思惑と大戦の反省から、（後で記す）近代精神左派の考え方を基本に書かれたものであるが、それは日本本来の自然民主主義の思想と重なる部分が多い。例えば平等と自由の組織（国家）に対する優越性、両性の同権、武力を使わない紛争解決の方法など。戦後多くの人々がこの憲法を自然に受け入れた理由がそこにある。

［出典］

レヴィ＝ストロース　川田順造訳「悲しき熱帯」『世界の名著59』中央公論社　一九六七年

山部赤人「万葉集巻八」

柿本人麻呂「万葉集巻三」

西行「山家集」
松尾芭蕉「野ざらし紀行」
与謝蕪村「蕪村句集」
石川啄木「一握の砂」『啄木歌集』岩波文庫　一九四六年
萩原朔太郎「輪廻と転生」『日本の詩歌14　萩原朔太郎』中央公論社　一九六八年
谷川雁「晩夏郵便」『谷川雁詩集』思潮社　一九六八年

天へ至る道

なぜわれわれは自然との一体性を失ったのか。神々が創り出される以前の時代、ふり返って見れば、あらゆる存在が崇高であり、峻厳で慈悲深く、徘徊する獣《けもの》、騒ぐ鳥、群れなす魚、地を這う虫に至るまで、すべての生きものが神々のように振る舞っていた時代を、なぜわれわれは失ったのか。

かつて自然は階層のない円環であり、その秩序は調和《バランス》であった。人間も含め、それぞれの生命が多種多様な夢を育み、競い合い、等しく共存する世界、それが自然界であった。それぞれの生命が他の生命なしには存立し得ぬが故に、あらゆる生命は、生として対等であり、個々の命を超えた、総体としての生を伝えるための、非情ともいえる調和《バランス》の上を生きるが故に、個体としての生はその貴さを示した。死は、自らを生み出した父なる自然（風）、そして母なる自然（海）への帰郷であり、自然界を平等に構成する、他の生への転生《てんせい》の契機であり得た。そして自然環境と多種多様な生命とが織り成す「豊かさ」が、生きることの意味であり、他の生との交感によって得られる歓びが、生きることの目的であった。

この全体の秩序は、
神や人の誰かがこれをつくったというようなものではない。
むしろいつもあったのだ。

紀元前六世紀、古代ギリシアの哲人、ヘラクレイトスは、その書と伝えられる「自然について」の中で証言する。神や人間が、人間を中心とする秩序(コスモス——世界)を構築する以前に、すでに原コスモスが存在したと。そしてそれは、今われわれが直面している現実とは全く別のものとして存在する本来の「現実」であるが、われわれのほとんどはそれに対し盲目である、と。

大道廃《すた》れて、仁義有り。
慧智《けいちい》出でて、大偽《たいぎ》有り。

紀元前五世紀、深遠の詩人、老子は吟《ぎん》ずる。大いなる道が廃れて、（体制）愛や礼・義が説かれたと。慧《さと》い人間の知恵が、大いなる偽りを生み出した、と。

わたしを驚かせるのは、自然の欠如ということである。
反自然そのものが道徳として最高の栄誉を受け、掟として、
至上命令として人類の頭上にかかげられていたという、
まことに戦慄すべきあの事実である！……
これほどまでに道をあやまるとは！　それが個人としてではなく、
民族としてでもなく、実に人類としてなのだ！

十九世紀、ニヒリズムの視点から、古代精神の根源（権力への意志）を衝いたツァラツストラの詩人、ニーチェは呻吟する。なぜ人類は幾千年もの長

きにわたり、生にとっての本来の現実を放棄し、生そのものを貶《おとし》め、病み虐げられた心が仮構せざるを得なかった、貧しい幻影に帰依し、虚飾と退廃の道を歩み続けて来たのか、と。

恐らく今から一万五千年前、ユーラシア大陸の中央部で、人間のもつ知恵は、人類に新たな道を照らし出した。そしてその新興思想は千年程の単位で、しかし確実に地球上のあらゆる人間に浸透して行った。

それは、それまで円環だった自然を、自身の（人間の）欲望を支点として階層的に再構成し、そのピラミッドの頂点を生きようとする、天へ至る狭い道である。

［古代精神］

そこで神は、人をみずからの像に創造した。
すなわち、神の像にこれを創造し、男と女とに創造した。
それから、彼らを祝福して言った。
「産めよ、殖えよ、地に満ちよ。地を支配せよ。
そして海の魚、空の鳥、地を這うすべての生き物を従わせよ」

さすがに人類は、人間の名において自然支配を語ることを避けた。しかし人間の姿を象《かたど》った神は言う、われわれを生み出し、育んだ、自然を支配し、従わせよ、と。民族至上という古代精神の歩むべき一つの倫理を示した書、『旧約聖書』はまた語る。人間が神の教えに背き、知恵の実を食べ、楽園から追放されたと。

真実は、その逆であろう。楽園から追放された人間が、知恵の実を食べ、神を創り出し、楽園（自然）に背く思想を身に着けたのだ。自然環境の異変から、その豊かな恵みと慈愛を奪われた人間が、欠乏と涸渇と恐怖の中で、自らが生き延びるための一つの思想を育て上げねばならなかったのだ。あらゆる生を矛盾し対立するものとして見、種と種・人間と人間の関係を、強者と弱者・支配と被支配の関係として捉え、弱肉強食の掟こそが生の根本秩序である、という思想を。

それは死の恐怖を前にした、古代精神（人間中心思想が生み出した絶対者を追い求める精神）の取り得る、生に対しての極限の認識であったろう。しかし生とは人間ではない。あらゆる種が生なのだ。あらゆる種の循環からなる一つの運動体、それが生なのだ。その総体を見ぬ思想は、四十億年前の生命の誕生以来、脈々と伝えられて来た生の流れを、人間において断ち切るという、決定的な過誤をもつ。そしてその過誤故に、それは反共存の思想、そして終末の思想とならざるを得ない。

――聖バガヴァッドはいった。

わたしは、世界を破壊させる、機の熟した時《カーラ》（死）である。

世の人々を絶滅させるために、ここに出現したのである。
たとえおまえの手をかりなくても、
敵陣にいならんだ戦士たちは、すべて生き残らないであろう。
それゆえに、おまえは立ち上がり、栄誉をかちとれ。
敵を征服して、隆盛な王位を享受せよ。
・・・おまえは殺せ。おびえるな。戦え、・・・

※バガヴァッド＝神（「凡例」より）

古代精神はみずからの未来を予言する。わたしは世界を破滅させるであろう、と。しかしもし人間が、知の僕《しもべ》であるなら、人類はわたしの宿命を、すなわち天へ至る道を歩む他《ほか》はないであろう・・　古代インドの宗教叙事詩『バガヴァッド・ギーター』は、現代文明をも支配する、古代精神の行動論理を今に伝える。世界は滅びつつあり、ただ至上の真理（力）を得た者のみが永遠を生きる。そしてその力の側にこそ正義があり、それに背く者を敵として、打ち倒さねばならぬと。

破局までの直線の時間をどう生き抜くか、それが新たな人類の課題となった。そして自然の掟を越え、人間の私欲による殺戮（戦争）を肯定する思想が生まれたのだ。力への意志、権力への意志、の時代が始まった。あるいはドゥルーズの記す、「野蛮」の時代が始まった。それは地球上のあらゆる生命を巻き込まずにはおかぬ、人間による、失われた（或いは失われて行く）「豊かさ」の代替物としての、富の争奪と私有の歴史である。

※フランスの哲学者ジル・ドゥルーズは、人類の歴史を野生―野蛮―文明としてとらえた。

［変容］

現実が変わった。人間は自然界の内部に、自然とは異質な秩序と価値の体系をもつ、新たな階層世界を創り出した。それは言わば人間を中心として、他のあらゆる生命を回転させるという、精神の天動説の世界である。そしてその世界内世界から、外部世界を反照する。他の生命との絆は解かれた。人類は突出した自由（放埓）を得、自然を目的としてではなく、手段として捉える視点を獲得した。しかしその代償として、生と生とが響かす豊かさと安らぎ、自然との一体感を喪失して行った。心の形が変わった。（土星のような）他と繋ぎ合うための輪をもつ球形から、（ピラミッド状の）地を占有する底面と天をめざす鋭い角をもつ錐体に変形した。死の意味が変わった。帰るべき自然を失った死は、帰郷から恐怖へ、転生《てんせい》から転生《てんしょう》（階層性をもつ）へ、その質を変移させた（宗教の発生）。そして至高なるものを目指す絶えざる闘争と、階層社会における栄光と惨慄《さんりつ》が、人類にとっての新たな現実となったのだ。

言い争う人々を見よ。杖《つえ》を執《と》ったことから恐怖が生じたのである。
・・・
水の少いところにいる魚のように、慄《ふる》えている人々を見て、
また相互に反目《はんもく》している人々を見て、わたくしに恐怖が起った。
世界はどこも堅実《けんじつ》ではない。どの方角もすべて動揺している。
わたくしは自己のよるべき住所を求めたのであるが、
すでに（死や苦しみなどに）とりつかれていないところを見なかった。

紀元前四世紀、知慧ある人・ブッダは、失われて行く（或いは失われた）「安らぎ」を求めて、彼岸（ニルヴァーナ・涅槃）へ至る道を示した。敵意ある者の中にあって敵意なく、暴力を用いる者の中にあって心おだやかに、この世界の欲望を断ち、愛執《あいしゅう》を断ち、家族の絆を捨て、人間の絆を離れ、神々との絆を越え、出家して遍歴し、一物をも所有せず、輪廻の流れを断ち切る者・・・それは人間を超えた人、死と同化し得た者のみがたどり得る至福の真理の存する世界、古代精神の（即物的）力の支配する秩序《コスモス》に、反逆

の意を込めて切り開かれた、新たな天へ至る道である。

幸いなのは貧しい人々、
天国は彼らのものだから。
幸いなのは悲しむ人々、
彼らは慰められるから。
幸いなのは薄笑《ほほえ》む人々、
彼らは地を継ぐだろうから。

一世紀、地上への絶望が、また新たな天への道を紡《つむ》ぎ出した。至高なるものを目指す力への意志は、天をめざす心の闘争へと深化する。神の子・イエスは、ブッダが神々を越える道を示したのに対し、「神そのもの」を書き替える。迫害される者、抑圧される者、疎外される者こそ「神」によって救われねばならない。その一民族を超えた人類愛の思想は、古代精神の秩序が避けがたく現す「闇」の部分に光を与え、沈黙の裡《うち》に全てを見守る神の像を呈示した。しかしイエスは地上を蔽《おお》うその闇が、何処《いずこ》から来るかを問わない。

郵 便 は が き

料金受取人払郵便

新宿局承認

7553

差出有効期間
2024年1月
31日まで
（切手不要）

1 6 0-8 7 9 1

1 4 1

東京都新宿区新宿1－10－1

(株)文芸社

愛読者カード係 行

ふりがな お名前				明治　大正 昭和　平成　　年生　　歳	
ふりがな ご住所	□□□-□□□□				性別 男・女
お電話 番　号	（書籍ご注文の際に必要です）	ご職業			
E-mail					
ご購読雑誌（複数可）			ご購読新聞 新聞		

最近読んでおもしろかった本や今後、とりあげてほしいテーマをお教えください。

ご自分の研究成果や経験、お考え等を出版してみたいというお気持ちはありますか。

ある　　ない　　内容・テーマ（　　　　　　　　　　）

現在完成した作品をお持ちですか。

ある　　ない　　ジャンル・原稿量（　　　　　　　　　　）

書　名				
お買上 書　店	都道 府県	市区 郡	書店名	書店
			ご購入日	年　月　日

本書をどこでお知りになりましたか?

1.書店店頭　2.知人にすすめられて　3.インターネット(サイト名　　　)

4.DMハガキ　5.広告、記事を見て(新聞、雑誌名　　　)

上の質問に関連して、ご購入の決め手となったのは?

1.タイトル　2.著者　3.内容　4.カバーデザイン　5.帯

その他ご自由にお書きください。

(　　　　)

本書についてのご意見、ご感想をお聞かせください。

①内容について

②カバー、タイトル、帯について

弊社Webサイトからもご意見、ご感想をお寄せいただけます。

ご協力ありがとうございました。

※お寄せいただいたご意見、ご感想は新聞広告等で匿名にて使わせていただくことがあります。

※お客様の個人情報は、小社からの連絡のみに使用します。社外に提供することは一切ありません。

■書籍のご注文は、お近くの書店または、ブックサービス(0120-29-9625)、セブンネットショッピング(http://7net.omni7.jp/)にお申し込み下さい。

光に満ちた天国とは対照的に、古代以前の豊かさと安らぎの地は、煉獄の色に染まって行く。

［科学的方法］

・・・　注意深く速断と偏見とを避けること。
そして、私がそれを疑ういかなる理由ももたないほど、明晰《めいせき》にかつ判明に、私の精神に現われるもの以外の何ものをも、私の判断のうちにとり入れないこと。

十七世紀、その煉獄の中から、新たな精神が生まれ出る。明証的でないもの、合理的でないものをいっさい拒絶する精神、神の存在さえ、信仰ではなく、論理的に証明しようとする科学的精神、近代精神※1である。

才知の人・デカルトは、古代精神が世界の中心に据えた「人間」※2を、さらに精神《こころ》と肉体とに分離し、そこから至上の存在である理性（その歴史的彫琢《ちょうたく》・論理の帰結としての「知」）が、地球上のあらゆる生命（人間の肉体も含む）および自然界の物質を、「もの（物体）」として支配・制御する権利をもつ、という世界観を導き出した。それはもはや、神を必要としない古代精神、人間中心思想の帰結点を指している。

※1　近代精神は厳密に言えば、目標に到達するための方法論の変革であり、独立した精神とは言えない。

※2　古代精神と人間中心思想の関係は卵と鶏の関係に似ている。

十八世紀以降、そのように世界は動いて行く。「知」はもはや単なる知恵の集合体ではない。それは社会全体を統括する意思として、その描き出される理念という名の幻想は、個々の人間を拘束し、規制する力をもつ。そしてその世界観は、古代精神の新たな力の捌《は》け口として、近代国家至高主義へ道を開いて行った。帝国主義、軍国主義、ファシズム、全体主義、二度の世界大戦、原爆投下・・、そして有形無形の自国第一主義。そこでは国民、すなわち人間は、国家至高という理念《イデオロギー》に仕える将棋の駒であり、生きている（感情をもつ）「物体《マリオネット》」にすぎない。

人間は自由なものとして生まれている。

しかも、いたるところで鉄鎖につながれている。他の人々の主人であると自分を考えている者も、やはりその人以上に奴隷なのである。

しかし近代精神は、相反する二つの側面を併せもつ。一つは先に示した新古代精神としての側面であり、そしていま一つは反古代精神としての側面である。理性があらゆる人間に普遍的に存するものである以上、人間は平等であり、階級制度・身分による差別はその根拠の正当性を失う。また理性はあらゆる存在から独立し、自立して存するものである以上、それをもつ人間は本来自由なはずである。十八世紀の思索家・ルソーによって端的に示されたその論理は、古代以来つづく階級社会に、そしてそれを作り出して来た弱肉強食の掟に、激しく牙をむく。そしてそこから、人間の平等と自由を基軸として、社会全体を再構築して行こうとする理想が芽生えた。

したがって（土地の太古の共有が解消して以来）全歴史は階級闘争の歴史、すなわち、社會的發展のさまざまの段階における搾取される階級と搾取する階級、支配される階級と支配する階級のあいだの闘争の歴史であった。だがいまやこの闘争は、・・・全社會を永久に搾取、壓迫、および階級闘争から解放しなければならないという段階にまで達した。

ルソーの夢はマルクスに引き継がれる。十九世紀、地上の闇を階級闘争に見た科学の人・マルクスは、それぞれの時代の経済構造こそが、法や政治制度そして宗教・哲学・芸術等の文化を規定し、人間の意識を決定するという史的唯物論の立場から、資本主義社会の崩壊を歴史的必然とし、プロレタリア理想社会への行程を明示した。しかし革命後の平等社会においても、絶えざる闘争は続く。そして国家は、「死滅」への道をたどらなかった。ソ連邦の崩壊と中国の資本主義化が露《あらわ》にしたマルクシズムの挫折は、近代精神（理性）による変革の限界を示している。問題の根は「物と理性」の二元論では到達できない、社会・経済構造の改変を超えた彼方にある。

（例えば古代に作られ今も続く支配システム――階層構造を維持拡大するための権力機構――の中では、支配の座に着いた労働者《プロレタリア》・農民も容易に王に変化する。理性は叩き直され、権力に加担し、奉仕する。）

［未来へ］

（前略）――その時こそ賭けてもいい。
人間は波打ちぎわの砂の表情のように消滅するであろうと。

理性の背信は、知を理性から切り離す。知は今や理念も、理想も描き出さない。不在となった至上の位置へ、知は手段ではなく目的として、天へ至る階層構造世界の頂点に君臨する。二十世紀、知の探索者・フーコーは、人類の歴史の中で生まれながら、歴史を超越した規範として人間を見下ろして来た神（神話）、宗教、民族（部族、一族）、イデオロギー、国家等にまつわる言説、さまざまな時代空間の思考の枠組み《エピステーメ》〈知〉が、人間を介して整形して来た諸記号の集積を、何が語られているかではなく、そう語られる条件は何かを問うという、言いかえれば人間に与えられた福音ではなく、ある種戦略としてその生成要件を分析するという、歴史記述の新たな方法論を提示した。そしてその生成要件を構成する権力が（恐らくより正確には古代精神が）、

（壮麗）建造物・支配システム・財貨・褒賞式典・科学的真理（諸学問の権威）・マスコミ（世論）・性現象（セクシュアリテ）などといった装置（考えを変えさせる装置）を通して、どのように人間を階層化して行くかを考察した。

だが理性を相対化するために発掘された、ポスト近代・新たな知の統《す》べる世界は、知が人間を考えさせ、考え方を決め、その中を游がせ（パワーゲーム、マネーゲーム、スターゲーム・・・）、写（移）り行く標的《まと》に命を懸（賭）けさせる、（際限なき）迷宮の世界である。人間中心思想の終極において、フーコーの予告そのままに、皮肉にも人間は（身も心も）消滅する。

古代以降、人類という選ばれし（？）者は、父母なる生態系をあやめ、ただ天なる階層構造空間を満たすために、その知を捧げて来た。夥しい自然の犠牲を目にすることもなく。しかし別れの時は来た。さよなら、天《アマン》よ。

[出典]

「ヘラクレイトス」第30節　田中美知太郎訳『ギリシア思想家集』筑摩書房　一九六五年

「老子」第18章　小川環樹書下し文『世界の名著4　老子・荘子』中央公論社　一九六八年

「なぜわたしは一個の運命であるのか」ニーチェ　手塚富雄訳『この人を見よ』岩波文庫　一九六九年

「旧約聖書」創世記1章27-28節　中沢洽樹訳『世界の名著12』中央公論社　一九六八年

「バガヴァッド・ギーター」11章32-34節　宇野惇訳『世界の名著1　バラモン教典／原始仏典』中央公論社　一九六九年

中村元訳『ブッダのことば　スッタニパータ』4章15節　岩波文庫　一九五八年

"The New Testament" Matthew　5：3-5, *HOLY BIBLE (New International Version)*, International Bible Society, 1973（※本文は筆者による和訳を掲載）

※原文　Blessed are the poor in spirit, for theirs is the kingdom of heaven.
　Blessed are those who mourn, for they will be comforted.
　Blessed are the meek, for they will inherit the earth.

デカルト　野田又夫訳「方法序説」『世界の名著22　デカルト』中央公論社　一九六七年
ルソー　平岡昇・根岸国孝訳『社会契約論』角川文庫　一九六五年
マルクス・エンゲルス　大内兵衛・向坂逸郎訳『共産党宣言』岩波文庫　一九五一年
筆者注　引用箇所はエンゲルスが認《したた》めた「一八八三年ドイツ語版への序文」の中にあるが、この根本思想はもっぱら、そして全部マルクスに属すると、エンゲルスは同じ序文の中で記している。
ミシェル・フーコー　渡辺一民・佐々木明訳『言葉と物』10章6　新潮社　一九七四年

イギン

イギンとは火である
われわれは眠る
しかし決して眠らないものがある
トリエステ　私は自由になったよ
でも君なしでは　私に何の意味があろう

SARASA

一杯飲みにいらっしゃい
わたしを見つけるのは難しくないわ
どこかの道路で酔っ払ってるから　――Janis Joplin

"Cosmic Blues"　ウフ

暗く遠い
記憶の淵から
湧きあがる炎があるわ
私を求める　小さな声

爆発する冷たさと　恐れに震えながら
あふれる力と　飛翔を夢見ていた
ああ　それは私の憧れ
降りそそぐ　時と光のうずを突き抜け
遥かな海へ　私をつれ戻す
幾年もの昔　海辺のあるところに
アナベル・リーという一人の少女が住んでいた
彼女の思いは唯　私と愛し愛されること　——Edgar Allan Poe
“A Snow Girl”　ウフ
しなやかな雪より生まれ来た妖精
その瞳に終りない憂いを湛えて
緑翳る　青狼の街を駈る

この指輪のＭＯＮＫは
逆さにするとＫＮＯＷのつづりになる
どんな時も知ることだ　――Thelonious Monk

"Spring"　ウフ

この地上に生を受けた者は
それぞれがそれぞれの夢を追い
それを伝えるために生きて行く権利を有している
それは民族　国家　神にさえ優先して
あらゆる人間が普遍的に共有している　この地上の価値であり
生きる者の権利である
テロの呼び起こす深い嘆きと憤りは
そうした権利が　残酷にも
同じ人間により踏み躙《にじ》られることによっている

わが生まれし地は海に臨みて
平和を求めるあまたの流れをともないて
ポーの川こそそこに降《ふ》れり　——Dante

"Sail On"　　ウフ

ふるみなえる　トウラの海の

※SARASA＝サラサ、更紗（インドに始まる花鳥・人物などを木版等でプリントした綿布。呼び名はポルトガル語 saraça に由来する）

Janis Joplin＝ジャニス・ジョプリン（1943～1970）
サイケデリック・ソウルシンガー
その歌は、意識の奥に眠っているものを呼び覚ます
代表曲「Kozmic Blues」、「Move Over」など
引用の言葉は一九七〇年カナダ・カルガリーでのコンサートのMCから

Edgar Allan Poe＝エドガー・アラン・ポー（1809～1849）
詩人、SF・推理小説の始祖
その情熱と論理において、近代抒情詩の扉を開いた
引用は「Annabel Lee」より

Thelonious Monk＝セロニアス・モンク（1920～1982）
ジャズピアニスト、作曲家
一九四〇年代、モダンジャズの〈間《ま》〉を創造した
代表曲「'Round Midnight」、「Blue Monk」など

引用の言葉は『ミュージック・イン・モンク・タイム―セロニアス・モンクに捧ぐ―』（ソニーホームビデオライブラリ　一九八三年）モンクジュニアの回想から

Dante＝ダンテ（1265～1321）
詩人、イタリア（語）文学の祖
フィレンツェ市の政変により追放され流浪の生活を送った
引用は『神曲』「地獄篇第五曲」フランチェスカの詞《ことば》より

"A Snow Girl"＝雪んこ
"Spring"＝泉
"Sail On"＝この題はCD『destiny's child』（Sony Music Entertainment 1998）の中の一曲「Sail On」から思いついた
ふるみなえる＝言葉の響きによって（意味ではなく）ある空間を描写しようとした造語

後書

人間の決断に重大な影響を与えるのは、その場の「空気」であろう。みんなで渡れば恐くないが、その場の空気に反するのは非常なストレスとなる。大事なのは個々の人間がどうこうより、その場の空気、世界の空気の流れ、すなわち「風」を変えることである。そして風とは一人一人の精神が発する「気」であるとするなら、風の革命は精神の革命である。

やがて知の時代は終る。そして運命は、新たな精神の到来を見つめるだろう。その時すべての地域（国）は紛争解決の手段としての武力を、放棄することに同意するだろう。人類は進化の、新たな一歩を踏み出すだろう。

さて、出版にあたっては、文芸社編集部今泉ちえさん、出版企画部小野寺美和さんのお世話になりました。有り難うございました。

（2023・5）

著者プロフィール

エヌ

ユーラシア 東 列島
温帯林に生まれる

風の革命

2023年 5 月15日　初版第 1 刷発行

著　者　エヌ
発行者　瓜谷 綱延
発行所　株式会社文芸社
〒160-0022 東京都新宿区新宿1－10－1
電話 03-5369-3060（代表）
03-5369-2299（販売）

印刷所　株式会社フクイン

ISBN978-4-286-30085-6